万亚和野兽
Wanya He Yeshou

绘 © 薛蓝·约纳科维奇（Svjetlan Junaković），2018

出 品 人：柳　漾
项目主管：石诗瑶
策划编辑：柳　漾
责任编辑：陈诗艺
助理编辑：曹务龙
责任美编：邓　莉
责任技编：李春林

图书在版编目（CIP）数据

万亚和野兽／（德）邬铎·魏格尔特著；（克罗）薛蓝·约纳科维奇绘；孔杰译.
桂林：广西师范大学出版社，2018.6
（魔法象. 图画书王国）
ISBN 978-7-5598-0290-3

Ⅰ．①万… Ⅱ．①邬…②薛…③孔… Ⅲ．①儿童故事－图画故事－德国－
现代 Ⅳ．① I516.85

中国版本图书馆 CIP 数据核字（2017）第 226341 号

广西师范大学出版社出版发行

（广西桂林市五里店路 9 号 邮政编码：541004）
（网址：http://www.bbtpress.com）
出版人：张艺兵
全国新华书店经销
北京尚唐印刷包装有限公司印刷
（北京市顺义区牛栏山镇腾仁路 11 号 邮政编码：101399）
开本：889 mm×1 194mm 1/16
印张：2　　字数：26 千字
2018 年 6 月第 1 版　2018 年 6 月第 1 次印刷
定价：36. 80 元

和 野 兽

〔德〕邬铎·魏格尔特／著

〔克罗地亚〕薛蓝·约纳科维奇／绘

孔 杰／译

GUANGXI NORMAL UNIVERSITY PRESS

广西师范大学出版社

·桂林·

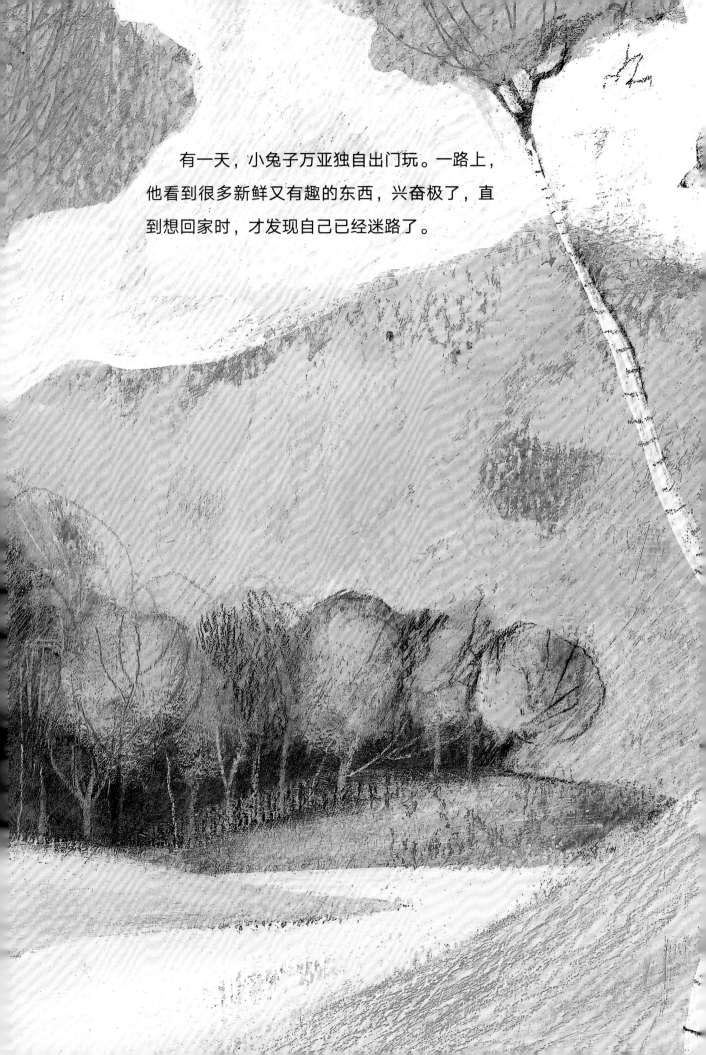

有一天，小兔子万亚独自出门玩。一路上，他看到很多新鲜又有趣的东西，兴奋极了，直到想回家时，才发现自己已经迷路了。

"怎么办，怎么办？"万亚十分着急，"找人问问路吧。"

这时，一个身影沿河远远地走了过来，可惜是一只狐狸。万亚哆嗦起来，从小爸爸妈妈就警告他要离狐狸远点儿。

"您好！"反正逃不掉了，万亚壮着胆子跟狐狸打了个招呼，"请问，您知道我的家在哪儿吗？"

狐狸盯着万亚，眼珠转了转。"我也很想知道。"他说，"你肯定不是一个人住，对吧？"

"嗯，不是。"万亚说，"家里还有爸爸妈妈、叔叔婶婶、爷爷奶奶和 99 个兄弟姐妹。"

"这样啊！"狐狸眼前一亮，"那好吧，我们得尽快找到你的家。"

此刻，狐狸的脑海里已经飘了上百只烤兔子。

就在这时，大灰狼路过，一看见万亚，就忍不住扑了上去。狐狸赶紧大喊一声："住手！"

大灰狼吃惊地看着狐狸。狐狸马上跟狼解释："这只可怜的小兔子迷路了，我们必须帮他找到家。他的叔叔婶婶、爷爷奶奶、爸

爸妈妈和 99 个兄弟姐妹，都在家里等他回去呢。"

"噢，原来是这样啊。"大灰狼冲狐狸眨了眨眼，"万亚，赶紧想一想，你到底住在哪儿。事情来得突然，可我也想出把力。"

他们一起上了路。万亚走在最前面，后面跟着狐狸和大灰狼。其实万亚特别害怕，但他心里很清楚，绝不能让那两个家伙看出来。

走了没多远，拐角的地方忽然闪出一只棕熊。他很不屑地瞟了一眼狐狸和大灰狼。

"都给我待在那儿！"棕熊说，"这是我的兔子！"他把熊掌高高举起——狐狸大喊一声："住手！"狐狸又向棕熊解释了一遍。

"噢，嗯嗯，原来是这样啊。"棕熊意味深长地说，"那行，我们就帮这个小家伙找到家吧！"

于是，万亚的队伍里又多了一只棕熊。

"我该怎么办？"万亚想，"现在又多了一只棕熊，看来想逃是没戏了。要是他们跟得没这么紧就好了。"

他们走啊走啊，穿过森林，来到了一户农庄。狐狸有些不安，因为他和农庄的一个大家伙——看家狗波波结过梁子。他们一行蹑手蹑脚地溜过农庄，幸亏没有遇到波波。

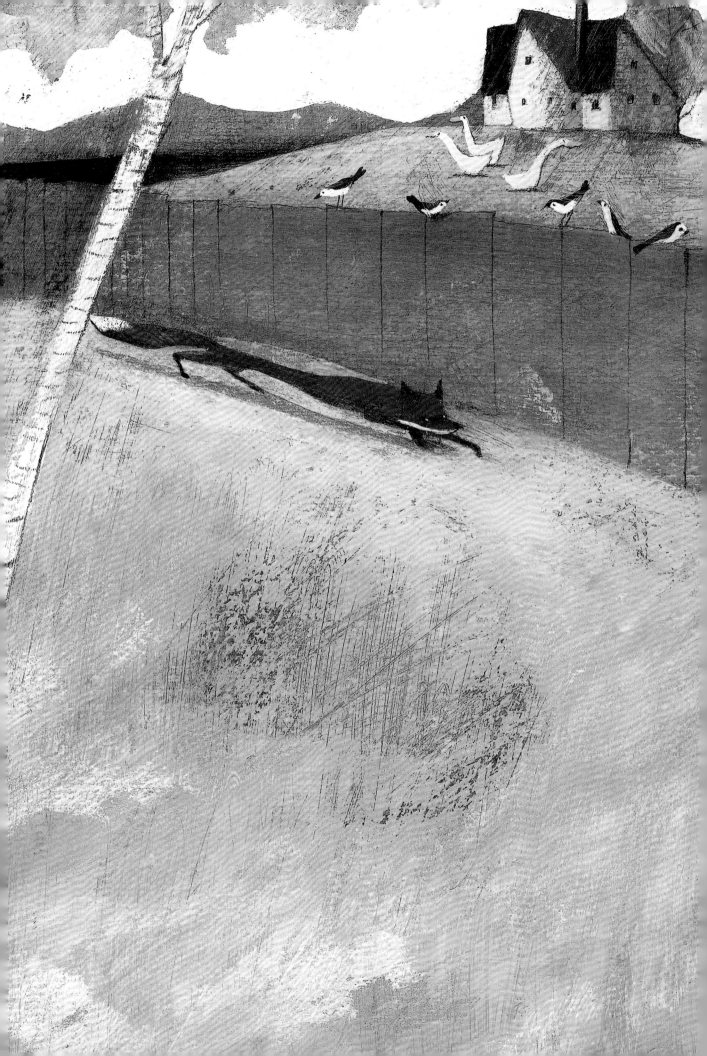

不过，他们遇到了一伙强盗：黄鼠狼、狗獾、臭鼬和猞猁。棕熊很不乐意与他们同行，强盗们却非常乐意。他们一再说明，他们非常同情万亚，而且十分在意，万亚最终是否能找到自己的家。

　　"下次见面再告诉你们结果。"棕熊这样建议。

　　"这可不行！"猞猁一边说一边磨了磨爪子，"我们更想亲眼看到万亚回到自己的家，这样才放心。不然的话，他再迷路，那就更糟糕了。"

　　他们继续向前走。现在，万亚完全不知道自己在哪里，也不知道该怎么回家。可是，他清清楚楚地听到，这群野兽的肚子已经饿得咕咕叫了。

　　"走了这么久，你还没想起回家的路吗？"狐狸有些不耐烦了。

　　万亚忽然有了一个点子。他鼓起所有的勇气，大声地说："没有，我一点儿也想不起来。说实话，我根本就不认识这里。我肯定怎么也回不了家了。你们只能拿我填填肚子，而且，对你们来说，一只兔子太少了。你们自己商量吧，到底谁来吃我！"

"都怪狐狸！"棕熊愤愤不平，"要不是他的鬼点子，我们也用不着穿过整个森林。"

　　"好吧！"猞猁说，"有一只兔子，总比什么都没有强。"

　　啪！狼一巴掌打在地上。"这么一只小小的兔子，用不了一分钟我就能吃掉。"

　　"为什么是你？"臭鼬说，"我还在这儿呢！"

　　"还有我，"黄鼠狼嘀咕着，"你们别把我落下了。"

　　"想什么呢！"狗獾笑了起来，"这只兔子显然就是我的。"

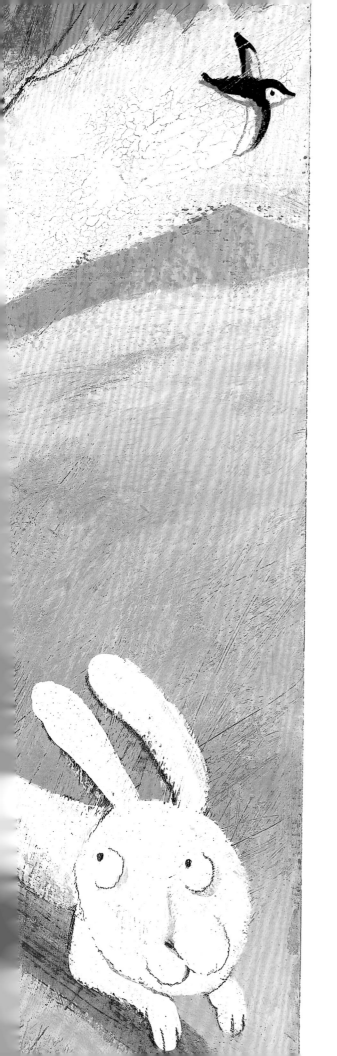

　　他们吵了起来，谁也不让谁。万亚在一旁看着。

　　"这样吧！"万亚突然说，"我数到三，你们当中最厉害的那个吃我吧！我就在这儿等着。"

　　万亚开始大声数数："一——二——三！"

　　野兽们愤怒地扑到一起：棕熊冲向臭鼬，猞猁和大灰狼纠缠不休，黄鼠狼扑倒了狗獾。一眨眼的工夫，他们扭成一片，这个场面简直闻所未闻。

　　万亚想都没想，头也不回地溜走了。眼看要跑过农庄，狐狸忽然跳了出来，一把按倒了他。

　　"你很狡猾，万亚。"狐狸狡黠地说，"可狡猾得还不够。你看，我要独享你这份晚餐了。"

万亚吓得浑身发抖。

狐狸正要咬下去，一个声音冒了出来："住手！"看家狗波波出现了，他正好在附近巡逻。

"我们还有一笔账没清呢！"他对着狐狸咬牙切齿地说。

"我用这只兔子还账！"狐狸赶紧说。

"不行！"波波说，"你至少得挨上一顿揍！"

万亚可不敢等他们商量出结果，噌的一下就跑掉了。他像风一样，穿过田野，钻出森林，越过灌木……

忽然，万亚停在了自己家门口。他小心翼翼地看了看四周，没有发现任何野兽的身影。这时，爸爸从家里跳出来迎接他。

"万亚，"他叫道，"你可算回来了！我们都很担心你。是不是遇到了什么事？"

　　万亚想了想，抖了抖耳朵。"没有啊，"他说，"我就出去溜达了一圈。"

　　其实他心里在想，这个故事说出去，也没人相信。